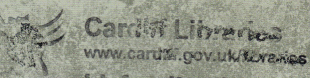

Y DERWYDDON

- Y MAEN RHIAL -

STORI GAN
JEAN-LUC ISTIN A THIERRY JIGOUREL

DARLUNIO GAN
JACQUES LAMONTAGNE

ADDASIAD CYMRAEG GAN
ALUN CERI JONES

dalenllyfrau.com

Mae *Y Derwyddon: Y Maen Rhial* yn un o nifer o
lyfrau straeon stribed gorau'r byd sy'n cael eu cyhoeddi
gan Dalen yn Gymraeg ar gyfer darllenwyr o bob oed.
I gael gwybod mwy am ein llyfrau, cliciwch ar ein gwefan
dalenllyfrau.com

Y Derwyddon

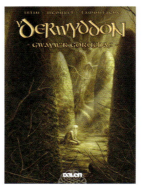

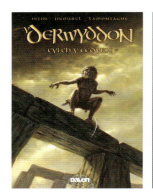

Cyhoeddwyd yn gyntaf yn 2012 gan
Dalen (Llyfrau) Cyf, Tresaith, Ceredigion SA43 2JH

Mae Dalen yn cydnabod cefnogaeth ariannol Cyngor Llyfrau Cymru

ISBN 978-1-906587-24-6

Cyhoeddwyd yn wreiddiol gan Soleil yn Ffrangeg fel
Les Druides: La Pierre de Destinée

Hawlfraint © y testun Cymraeg, Dalen (Llyfrau) Cyf 2012

Hawlfraint © MC Productions - Istin - Jigourel - Lamontagne 2009

Argraffwyd yng Nghymru gan Gomer

Y DECHRAU OEDD...

...Y DIWEDD.

FE'M GANWYD ISLAW'R TONNAU RHWNG MÔN AC YNYS Y CEDYRN.

GOLEUWYD Y DYFNDEROEDD GAN LEWYCH GWAN.

I'M CYFARCH DAETH MORYNION Y MÔR, A LLIFODD POB PRYDER YMHELL I FFWRDD YN NYFNDER OER Y DŴR.

YNO'R OEDDWN YN RHYTHU AR EU RHYFEDDOD DIRGEL, GAN ARAF DDISGYN I DDYFNDER YR EIGION LLE CAWN ETO FY NGENI DRACHEFN.

RHODDWYD TAW AR FY MHRYDERON GAN SWYN Y GÂN, CÂN FWYN Y DUWIAU A LEDDFAI POB DOLUR DYNOL, CÂN I OSTEGU RHYFERTHWY'R PRYDER WRTH GROESI I'R ARALLFYD.

AR LAN ANGAU, AR LAN FY NGENI ETO, TRODD FY LLYGAID FRY AR ALWAD LLAIS O'R GORFFENNOL...

TARAN...

RYDYCH YN DDAWNUS FEL MEDDYG. MAE TARAN YN EICH DYLED AM I CHI ACHUB EI FYWYD.

MAE'R YSFA I IACHÁU YM MÊR FY ESGYN.

BU'R YNYS HON YN GYSEGR UNWAITH I'R DERWYDDON. YMA DYSGWYD DISGYBLAETHAU RIF Y GWLITH, YN ARBENNIG Y RHAI'N YMWNEUD Â GOFAL A IACHÂD.

PE NA BAI RHUFAIN WEDI GORESGYN MÔN A CHWALU'R GELLI CYSEGREDIG, HWYRACH Y BASAN NI YMA OLL YN DDERWYDDON.

MI WN Y GALLWN GADW'R HYN O EIRIAU'N GYFRINACH RHYNGOM. YNG NGHRAIDD EIN FFYDD RYDAN NI WEDI CADW MYRDD O ARFERION YR HEN FFYDD, FFYDD DDARU ESGOR AR Y DDAWN I IACHÁU.

RHAID I MI GYFADDEF FY MOD WEITHIAU'N OFFRYMU GWEDDI I DDUWIES YR HEN FFYDD YN HYTRACH NA'R IÔR.

MAE YMA RYMOEDD SY'N EIN DWYN Y TU HWNT I'R LLEN. MAE'N SIŴR Y GWNEWCH SYLWI AR HYNNY O FEWN DIM O DRO.

BYDD ANGEN I NI ADAEL YN FUAN.

MAE'R CROESO I CHI YMA YN GYNNES. NID OES LLAWER OHONOM YN COLLFARNU DEILIAID YR HEN FFYDD.

FEDRWN NI DDIM AROS YN HWY. MAE TAITH HIR O'N BLAENAU.

DAW CYFEILLION I YMUNO Â NI, MYNACHOD FEL CHI. GYDA TARAN YN IACH, BYDD YN RHAID I NI YMADAEL.

RHAID BOD EICH TAITH YN UN BWYSIG.

YN WIR. NOD Y DAITH YW CEISIO PROFI NAD DERWYDDON SY'N EUOG O LOFRUDDIAETHAU ERCHYLL Y MAE NIFER YN EIN BEIO AMDANYNT.

GORCHWYL SY'N EICH TYWYS YMHELL O'CH BRO EICH HUN.

MAE HON YN FENTER SY'N FRITH O GYMHLETHDODAU.

MAE'N GAS GEN I'R RHYFELWYR CYFLOG HYN O IWERDDON.

PRIN EU BOD NHW GYNDDRWG Â'R SAESON.

MAE'R ADDEWID O GYFLOG HAEL, YNGHYD Â CHILDWRN AC ERNES O FLAEN LLAW, WEDI SICRHAU Y BYDDANT YN DRIW I NI HYD ANGAU. YN WIR, FY NISGYBL, DOES DIM DWYWAITH BOD EU HANGEN ARNOM.

DOES DIM DWYWAITH EU BOD O FUDD I NI. GYDA PHERYGLON AR BOB CWR, MAE EU PRESENOLDEB YN DDIGON I GADW'R RHELYW O ŴYR DICHELLGAR RHAG YMOSOD ARNOM.

ONID AETH Y WAYW O'N GAFAEL?

FE AETH O AFAEL PAWB.

DO WIR, METHIANT SY'N BYGWTH YSGWYD YR URDD.

RHAID I NI LADD Y DERWYDD FELLTITH. FE SYDD AR FAI AM BOPETH.

GWYNLAN? PAID Â THWYLLO DY HUN! GWRWAN YN UNIG SYDD AR FAI AM HYN. BU'N FYRBWYLL WRTH FYCHANU PWYSIGRWYDD Y WAYW I HIRHOEDLEDD CAER IS. PE BAI WEDI GWRANDO ARNA I, BYDDAI CAER IS HEDDIW YN EIDDO I NI.

FEDRWN NI DDIM CYMRYD CAM GWAG ARALL. MAE'N RHAID I NI GAEL EIN DWYLO AR Y PAIR DADENI – MAE DUW YN GALW AMDANO.

FE'N HYSBYSWYD BOD DISGYBL Y DERWYDD WEDI'I GLWYFO.

MAE HYNNY'N OFID.

PAM NA FORIWN AR UNWAITH I YNYS ELFYW?

OHERWYDD, FY NISGYBL, NI WYDDOM ETO PA DRYWYDD YN UNION Y DYLEM EI DDILYN.

OND FE ŴYR GWYNLAN – NEU MAE GANDDO FWY O AMCAN NA NINNAU. TRA BYDD O DDEFNYDD I NI, CAIFF FYW.

6

ARAF Y TREIGLODD YR AMSER AR FÔN, GAN ROI CYFLE I YMGRYFHAU.

DAETH MEUDYDD A'I FRODYR DROS Y FENAI I'N CWMNI.

FE'U SYNNWYD WRTH WELD ADFER FY IECHYD.

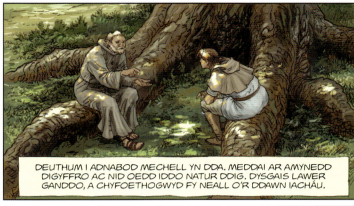

DEUTHUM I ADNABOD MECHELL YN DDA. MEDDAI AR AMYNEDD DIGYFFRO AC NID OEDD IDDO NATUR DDIG. DYSGAIS LAWER GANDDO, A CHYFOETHOGWYD FY NEALL O'R DDAWN IACHÁU.

TYFODD FY ENAID O'R HERWYDD, YN LLAI GOCHELGAR AC YN FWY HYDERUS YN FY NGALLU. YN UWCH NA'R CYFAN, GWYDDWN BELLACH RESWM FY MODOLAETH. GWYDDWN PA BETH OEDD FY NGORCHWYL. RHODDAIS HEIBIO CHWILFRYDEDD DIANGEN.

CANFYDDAIS Y DYN YR OEDDWN I FOD.

O'R PRYD HWNNW, BYDDWN YN WASANAETH I ERAILL, YN IACHÁU CLWYFAU CORFFOROL YNGHYD AG ARCHOLLION YR ENAID.

O FEWN DIM O DRO, WRTH I'R DUWIAU WELD FY NHRAWSFFURFIAD SYDYN, WYNEBAIS BRAWF DIFRIFOL.

TARAN! BRYSIA!

BRYSIA! MAE DY ANGEN DI YMA!

BETH DDIGWYDDODD IDDO?

WYDDWN NI DDIM YN UNION, OND DAETHOM O HYD IDDO WEDI EI DRYWANU Â SAETH.

RHOWCH E I ORWEDD AR EI FOL!

AC EWCH I ALW AR Y BRAWD MECHELL.

MAE O WEDI CROESI I'R TIR MAWR. DDAW O DDIM YN EI ÔL TAN YFORY.

BYDD YN RHAID I NI WNEUD HEBDDO FELLY.

DYMA OEDD PRAWF Y DUWIAU I MI.

ER YN BRAWF, DYMA OEDD FY ANIAN. ROEDD CLWYF Y BACHGEN YN UN MILAIN.

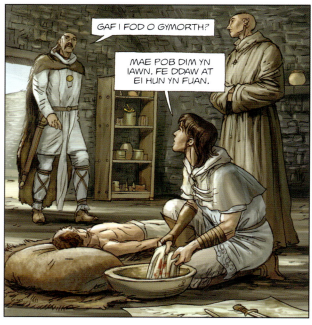

GAF I FOD O GYMORTH?

MAE POB DIM YN IAWN. FE DDAW AT EI HUN YN FUAN.

DYMA FE'N DEFFRO.

DYWED, SUT GEST TI DY GLWYFO?

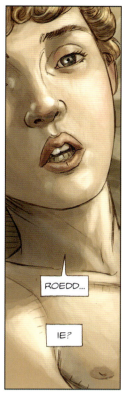

ROEDD...

IE?

ROEDD 'NA LONGAU... LLONGAU'R GWYDDYL.

MI AF I WELD... PAID Â SÔN GAIR. DOES DIM ANGEN I NI GYNHYRFU'N CYFEILLION HEB ANGEN.

Y FFYLIAID!

MI WELODD NI!

BYDDAI HYNNY HEB DDIGWYDD PETAECH CHI WEDI GWRANDO ARNA I AC AROS AR FWRDD Y LLONG.

PEIDIWCH Â HIDIO, MI WNES I EI DRYWANU Â SAETH YN EI GEFN I'W GYCHWYN AR EI DAITH I UFFERN.

YN FYW NEU'N FARW, OS DAW RHYWRAI O HYD IDDO A GWELD MAI EIN SAETH NI A'I TRYWANODD, FYDD HI FAWR O DRO CYN BOD Y GATH ALLAN O'R CWD...

YDAN NHW AR FIN YMOSOD?

IE, GYDA'R DYNION MEWN DU YN EU CYFARWYDDO.

PE BAI HYNNY'N FWRIAD, FRAWD MWROG, BYDDENT EISOES WEDI GWNEUD. YN Y BÔN, MAE'R DYNION HYN YN CHWILIO AM YR UN PETH Â NINNAU. MAE'N DEBYGOL EIN BOD NI GAM NEU DDAU AR Y BLAEN, A DYNA PAM EU BOD NHW'N CEISIO YSBÏO ARNON NI.

PWY YDYN NHW?

Y CYFAN WYDDWN NI YW EU BOD YN DRIW I HU GADARN, UN O DDUWIAU'R HEN FFYDD, A HEFYD I FARWYDOS HEN URDD GRISTNOGOL DIALEDD DUW. MAEN NHW AR DRYWYDD CREIRIAU'R BRYTHONIAID. ER MWYN LLWYDDO YN EU GORCHWYL, WNÂN NHW DDIM PETRUSO CYN TYWALLT GWAED.

Y NHW FU'N GYFRIFOL AM LADD MYNACHOD YN LLYDAW, GAN GEISIO GOSOD Y BAI AM Y LLOFRUDDIAETHAU WRTH DRAED Y DERWYDDON.

MADDEUWCH I MI, GWYNLAN, OND EFALLAI MAI'R DERWYDDON SY'N EUOG O'R LLOFRUDDIAETHAU...?

RWY WEDI YSTYRIED HYNNY, OND PA DDERWYDD FYDDAI'N GADAEL CYMAINT O DYSTIOLAETH AMLWG AR EI ÔL? PA DDERWYDD FYDDAI'N CROESHOELIO DYN ER MWYN EFELYCHU CRIST, NEU LAFARGANU EI WEDDÏAU ER CLOD GWAYW LONGINIUS?

WEL, IE... OND DOES DIM LLE YNG NGHALON UNRHYW GRISTION I HU GADARN. O GANLYNIAD, MAE'N RHAID NAD CRISTNOGION SY'N GYFRIFOL CHWAITH.

FFYDDLONIAID HU GADARN...

TARAN, GAN DY FOD YN HOLLIACH ERBYN HYN, MAE'N RHAID I NI ADAEL MÔN.

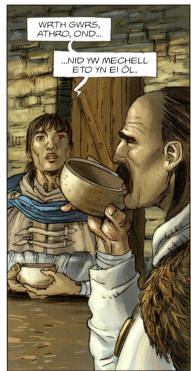

WRTH GWRS, ATHRO, OND...

...NID YW MECHELL ETO YN EI ÔL.

FEDRWN NI DDIM AROS IDDO DDYCHWELYD. MAE'R AWEL YN CHWYTHU O'R DE, AC MAE ANGEN I NI FANTEISIO ARNO.

O FEWN DIM ROEDD YNYS MÔN YMHELL O'R GOLWG. BYDDAI MECHELL YNO'N ÔL YN FUAN, A GADEWAIS NEGES IDDO Y BYDDWN YN DYCHWELYD DRACHEFN ER MWYN CWBLHAU FY ADDYSG FEL MEDDYG.

BUAN Y DAETH MORDAITH Y DIWRNOD CYNTAF I BEN.

SUT MAE ESBONIO BOD EIN GELYNION AR EIN SODLAU?

GOSTWNG DY LAIS, TARAN!

GYDA NHW'N EIN DILYN MOR RHWYDD, MAE'N DEBYGOL BOD BRADWR YN EIN PLITH.

Y NOSON HONNO GER CÔR Y CEWRI, GWELAIS DRAED YN GADAEL EIN GWERSYLL. PAN DDIHUNAIS I, ROEDD MEUDYDD AR EI DRAED YN SÔN IDDO LYMEITIAN GORMOD CYN CLWYDO.

MEUDYDD?

FEDRWN NI YMDDIRIED YNDDO?

RWY BRON YN SICR Y MEDRWN, OND MAE ANGEN I NI FOD YN WYLIADWRUS.

FE'N GORCHUDDIWYD YN SYDYN GAN FANTELL O NIWL...

YN RHY SYDYN O LAWER.

FRAWD ILLTUD?

TUA GWYRD O DDYFNDER!

MAE TIR GERLLAW... A GWELL FYDDAI I NI GEISIO GLANIO. BYDDAI PARHAU Â'R FORDAITH YN Y TYWYDD YMA'N ANDROS O BERYGLUS.

HEB SŴN YN Y BYD, CYRHAEDDODD EIN CWCH Y LAN AR UN O YNYSOEDD HELEDD.

DROS AWEL YSGAFN Y NUDDEN LWYD, CLYWEM SAWR PORFA LAS A FFLURDYFIANT AMRYLIW.

OND ROEDDEM YN DDALL I LIW A LLUN Y TIR...

ER MWYN EIN HARBED RHAG DIFLANNU I EBARGOFIANT, CLYMWYD TENNYN CRYF RHYNGOM WRTH FYND YN EIN BLAENAU AR DROED.

AM BETH YN UNION YDYN NI'N CHWILIO?

AM GWESTIWN DWL, FRAWD ILLTUD.

RŶN NI'N CHWILIO AM LOCHES NES I'R NIWL GODI.

AM BETH ARALL Y BYDDEM YN CHWILIO?

13

DYLAI'R MAN HWN WNEUD Y TRO. MI GAWN NI AROS YMA NES I'R NIWL GODI.

GWYNLAN, MAE'R BRAWD ILLTUD WEDI DIFLANNU.

DRYCHWCH, Y TENNYN.

WEDI'I DORRI'N LÂN!

MAEN NHW WEDI DOD O HYD I NI.

PWY?

Y PRYDYN, LLWYTH MWYAF DIDOSTUR YNYS Y CEDYRN. ROEDD Y RHUFEINIAID Â CHYMAINT O OFN Y PRYDYN A LLWYTHI CELYDDON TUA GOGLEDD YR YNYS, NES IDDYN NHW GODI MURIAU I'W CADW DRAW O'R DEHEUDIR.

MAE'R PRYDYN YN LLIWIO'U CYRFF YN LAS Â PHATRYMAU BRITH. ERS CRYN AMSER BELLACH MAEN NHW'N FWY GOCHELGAR YN SGIL YMOSODIADAU AR EU TIR GAN WYDDYL IWERDDON.

RHAID CHWILIO AM Y BRAWD ILLTUD.

OFER FYDDAI HYNNY YSYWAETH.

GWYNLAN, RWYF I A'R BRAWD PEDIG AM DDYCHWELYD AR HYD Y LLWYBR. DOES DIM SICRWYDD MAI'R PRYDYN SY'N GYFRIFOL AM DDIFLANIAD Y BRAWD ILLTUD.

PAID, MEUDYDD!

14

ATHRO!

MI WN, TARAN. MAE GEN I SYNIAD BE SY'N MYND DRWY DY FEDDWL, OND MAE GEN I DEIMLAD...

...TEIMLAD FOD RHYWRAI YN EIN GWYLIO.

AM Y TRO, GORAU FYDDAI I NI AROS FAN HYN.

MAE OLION TRAED ILLTUD YN DOD I BEN YMA.

AETH E I GANLYN Y GWYNT?

NADDO... MAE 'NA OLION TRAED ERAILL FAN HYN HEFYD, OLION CAMAU TROEDNOETH.

HMFF!

BE...? PEDIG? BLE'R WYT TI?

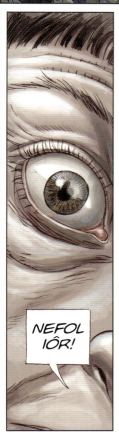

NEFOL IÔR!

AAAAAAA!!!

15

17

DAETH Y WLEDD I BEN CYN IDDI HWYRHAU. AETH EIN CYMDEITHION I GLWYDO'N FUAN, A BYDDEM NINNAU WEDI GWNEUD YR UN FATH HEBLAW BOD TALARG WEDI MYNNU'N DWYN YMHELL O OLWG PAWB. FE'N TYWYSODD I'W WÂL YNG NGHROMBIL OGOF GYFRIN...

GWYNLAN, TRWY GYDOL Y WLEDD MI WYDDWN DY FOD AM OFYN RHYWBETH I MI.

BE SYDD AR DY FEDDWL, DWED?

TALARG, WRTH EIN HEBRWNG I'R PENTRE DYWEDAIST FOD Y PRYDYN YN EIN DISGWYL.

DO, DO... DAROGANWYD Y BYDDECH YN DOD, AC Y BYDDAI'R HYN SY'N BWYSIG I NI HEFYD O FUDD I CHI.

O FUDD I NI?

NID AR HAP YR WYT TI YMA...

AM BETH WYT TI'N CHWILIO?

Y PAIR DADENI.

WELA I.

MAE'R TRYWYDD I'R PAIR WEDI DOD Â THI YMA.

CYMER Y CWPAN HWN, AC YFA...

19

YFA...

SYLLA...

SYLLA...

DAETH Y PAIR I LYGAID GWYNLAN...

...GWELAI'R PRYDYN YN HEBRWNG Y PAIR YMHELL O YNYSOEDD HELEDD.

YNA I'W LYGAID DAETH HIRGYCHOD Y LLYCHLYNWYR...

...A'U RHYFELWYR YN RHEIBIO'R PENTRE...

MI DDAW EIN RHYFELWYR DEWRAF GYDA CHI HYD ELFYW. RHAID I NI GAEL Y MAEN YN ÔL, A RHAID I NI GAEL DY GYMORTH I WNEUD.

FY NGHYMORTH?

IE, DYMA'R FARGEN. MI WNAWN NI DY GYNORTHWYO I GYRRAEDD ELFYW AC MI WNEI DI DDOD Â'R MAEN YN ÔL I NI.

DERBYNIODD FY ATHRO Y FARGEN. YMHEN DIM ROEDDEM YN HWYLIO YMAITH MEWN LLYNGES GREF.

GWYNNIO...

GWYNNIO...

PWY?

22

FAM FAIR!

MAE GEN I ORCHWYL I TI, FRAWD GWYNNIO.

GWAS FFYDDLON WYF, FENDIGAID FAIR.

RWYF YMA I UFUDDHAU.

ARBED Y DERWYDDON.

FAM DUW...

GWNA HYN, GWYNNIO. WYT TI'N ADDO?

NA, DAHUD! PAID!

BÛM YN DYHEU AMDANAT ERS EIN CYFARFYDDIAD CYNTAF, GWYNNIO... MAE FY NGHNAWD, FY NWYD, YN EIDDO I TI...

DDYDDIAU YN DDIWEDDARACH, DAETH EIN MORDAITH HIR I BEN...

...AR DRAETHAU YNYSOEDD Y DEFAID. HIR FU'R NOSWEITHIAU BLAENOROL HEB GYFLE I ORFFWYS NA CHYSGU.

YN ANNISGWYL, CAWSOM AR Y TRAETH GROESO FFODUS A LLAWEN.

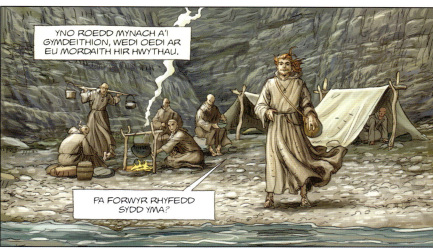

YNO ROEDD MYNACH A'I GYMDEITHION, WEDI OEDI AR EU MORDAITH HIR HWYTHAU.

PA FORWYR RHYFEDD SYDD YMA?

DERWYDDON O LYDAW, DYNION O LWYTHAU'R PRYDYN, A MYNACHOD EGLWYS Y BRYTHON YNGHYD! OND SUT? TRWY PA RYFEDD RAS?

PWY BYNNAG Y BOCH, FORWYR DEWR, BRENEN O IWERDDON YDW I. CROESO!

BRENEN! DIOLCH I'R IÔR AM IDDO HWYLUSO'R CYFARFOD HWN.

I DDUW BO'R CLOD, FRAWD. OND PA FFAWD DDAETH Â'CH TYRFA CHI AT EICH GILYDD?

ROEDD CROESO'R MYNACH IFANC YN DDIDWYLL. ROEDD BRI BRENEN EISOES WEDI YMLEDU O IWERDDON I YNYS Y CEDYRN LLE'R OEDD IDDO BARCH MAWR YMYSG POBL Y PRYDYN.

HYDERAF DY FOD YN HOFF O WRANDO HANES...

YR HANESION HIR YW'R RHAI GORAU!

ATHRO, PWY YW'R DYN IFANC YNA?

BRENEN, UN O FYNACHOD DISGLEIRIAF IWERDDON. MAE EI FRI EISOES WEDI YMLEDU YMHELL. MAE SÔN IDDO GROESI'R MOROEDD A CHANFOD TIROEDD EIN CHWEDLONIAETH.

BU'N FREUDDWYD GEN I ERS TRO I GAEL CYFARFOD Â THI, AC I RANNU HANESION AM EFENGYLU AR DIROEDD PELLENNIG. DARLLENAIS SAWL CENADWRI AM DY DAITH I DIROEDD Y LLYCHLYNWYR.

A DYMA NI NAWR YN CYFARFOD AR ADEG DYNGEDFENNOL YN FY MYWYD!

ADEG DYNGEDFENNOL?

GYDAG AWEL GREF YR IÔR YN EIN CLUDO YN EIN BLAEN, RYDYM AR FIN HWYLIO I GEISIO TIR NA N'OG!

GLYWSOCH CHI'R HEN HANESION CHWEDLONOL AM FORDEITHIAU BRÂN?

RYW YCHYDIG, DO.

YNA MI WYDDOCH I BRÂN GYFEIRIO AT DIRIOGAETH YMHELL I'R GORLLEWIN, GWLAD ANHYSBYS Y RHODDODD YR ENW TIR NA N'OG IDDI – LLE NAD OES NA HAINT, NA HENAINT NAC ANGAU.

OND HEN CHWEDL YW HONNO.

YN WIR, OND MAE GRONYN O WIRIONEDD I'R CHWEDL. EIN GORCHWYL YW CANFOD Y GWIRIONEDD SYDD YNGHUDD YN NIWL Y CHWEDL. DOES DIM DWYWAITH AM FODOLAETH TIR ARALL TUA'R GORLLEWIN, BU CYMAINT O SÔN YN EIN HANES AM FRO IEUENCTID TUA'R MACHLUD.

MI GLYWAIS INNAU SÔN AM Y FRO HONNO. RHAID DILYN LLWYBR GWYN O REW I'W CHYRRAEDD.

BETH DDAETH Â CHI YMA?

RYDYM AR Y FFORDD I YNYS ELFYW.

MAE'R HOLLALLUOG YN DRUGAROG... MI WN SUT MAE CYRRAEDD YNO!

MAE YNYS ELFYW AR EIN SIWRNE NINNAU HEFYD, MI HWYLIWN YNO YFORY.

BRENEN... TI, ETO.

BE WNEWCH CHI AR YNYS ELFYW?

GWYNLAN? GAWN NI DDWEUD WRTHO?

CAWN, SIŴR. FEL ARALL, FYDD GANDDO DDIM SYNIAD O'R HYN SYDD AR Y GWEILL!

BETH YN UNION FYDD HYNNY? MAE'R DIRGELWCH YN CORDDI FY CHWILFRYDEDD!

EIN BWRIAD YW CIPIO MAEN SANCTAIDD Y PRYDYN ODDI AR WŶR LLYCHLYN.

Y MAEN PETRYAL SYDD YNG NGHANOL EU PENTRE, IE?

MAE'R LLYCHLYNWYR HYN GYDNABOD I MI.

AC RWYT YN DDEALL YN IAWN PAM NA FEDRWN NI DDATGELU EIN BWRIAD IDDYN NHW. FEDRWN NI DDIM GADAEL I TI FENTRO I BENTRE'R LLYCHLYNWYR TRA'N BOD NI'N CYRCHU'R MAEN.

RWY'N DEALL HYNNY, OND BETH YW DIBEN EICH CYNLLUN? PAM FOD Y MAEN HWN MOR BWYSIG?

MAE'R MAEN YN BWYSIG I'R PRYDYN. EIN GORCHWYL YW EI ADFER IDDYNT FEL TÂL AM EU CYMORTH I NI AR EIN TAITH. DYMA HEFYD LWYBR Y DAITH Y CYMRODD Y PRYDYN WRTH FYND Â'R PAIR DADENI I FAN DIOGEL.

Y PAIR DADENI? UN O DLYSAU'R BRYTHONIAID? YDY HWNNW WIR YN BODOLI?

O YDY, AC MAE'N DEBYG EI FOD BELLACH WEDI YMGARTREFU AR YNYS ELFYW.

RWYT TI'N DISGYN I BYDEW ANGHRISTNOGOL, GYFAILL.

MAE HYNNY'N DDIGON I MI. ESGUSODWCH FI...

FRAWD MEUDYDD...

IE?

MAE BRENEN YN AMHEUS OHONA I... OND MAE ANGEN POB MANYLYN SYDD GANDDO AM Y LLYCHLYNWYR.

29

MAE E AR FIN RHOI RHYBUDD I'W FRODYR!

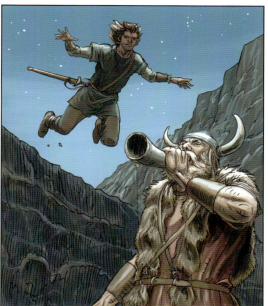

WFF!

YR UFFERN!

TCHOP

DIOLCH, GWYNLAN.

RHAID I NI FRYSIO. PAN FYDD Y LLYCHLYNWYR YN SYLWEDDOLI BOD UN O'U PLITH WEDI DIFLANNU, BYDDANT ALLAN I CHWILIO AMDANO – AC YN SIŴR O DDOD O HYD I'N LLONGAU.

MI WNES I GRWYDRO'R OGOFEYDD DIDDIWEDD HYN AM DDYDDIAU MAITH.

WNEST TI DDIM COLLI DY FFORDD?

MI WNES I DORRI ARWYDDION AR FY HYNT.

ARWYDDION YR IÔR.

TARAN?

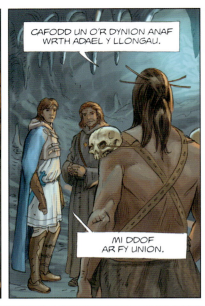

CAFODD UN O'R DYNION ANAF WRTH ADAEL Y LLONGAU.

MI DDOF AR FY UNION.

RWYT TI'N FEDDYG IFANC!

ROEDD GEN I ATHRO DA... UN O'CH PLITH CHI.

WRTH WELD Y GŴR IFANC HWN WRTH EI WAITH, RWY'N GWBL GREDINIOL – ER GWAETHA POB DYSGEIDIAETH – Y DYLEM OLL RANNU O'N DOETHINEB.

RWY'N CYTUNO'N LLWYR...

YNFYDRWYDD! WELWCH CHI MO'R GWAHANIAETH RHWNG Y DA A'R DRWG?!

PWYLL, FRAWD ILLTUD!

PWYLL? A MINNAU'N EICH GWELD YN CYNGHREIRIO GYDA'R PAGANIAID A CHYMRYD ENW'R IÔR YN OFER, FRAWD MEUDYDD?!

OFEREDD LLWYR!

BRAINT Y PAGANIAID HYN FYDD LLOSGI'N DRAGWYDDOL YN Y TÂN MAWR!

FLAP

AAAACH!

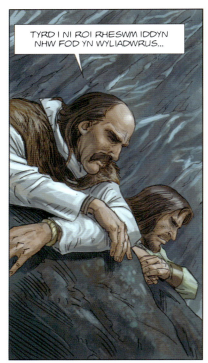

TYRD I NI ROI RHESWM IDDYN NHW FOD YN WYLIADWRUS...

...AR ÔL DYCHWELYD I'R OGOF.

MAE BRENEN YN DEALL BETH YW'N GORCHWYL, OND MAE E AM OSGOI LLANAST GWAEDLYD AR DERFYN Y CYRCH. MAE'N ADNABOD Y LLYCHLYNWYR YN WELL NA NI AC, ER MOR GYFIAWN EIN HACHOS, MAE E'N TEIMLO'I FOD YN EU BRADYCHU.

MAE E RHWNG DWY STÔL.

MEDRWN.

FEDRWN NI YMDDIRIED YNDDO?

OES GYNNON NI DDEWIS?

NAC OES.

DOES GAN Y MAEN RHIAL DDIM OLL I'W WNEUD Â NI, GWYNLAN.

MAE GEN I BOB FFYDD YN TALARG.

PRIN FOD GEN I...

MAE EI RESYMEG YN DDIGON CLIR I'M GOLWG. COFIA BOD Y PAIR – NEU'R LLWYBR I'R PAIR O LEIA – AR YR YNYS HON.

EFALLAI'N WIR, OND MAE CADW CEFN Y PRYDYN YN MYND I DDWYN Y LLYCHLYNWYR AM EIN PEN.

DOES GEN I DDIM DIG YN ERBYN Y LLYCHLYNWYR. OND MI WNES I DARO BARGEN Â'R PRYDYN. YM MÊR FY ESGYRN, RWY'N SICR FY MOD AR Y TRYWYDD CYWIR I'R PAIR.

FEL Y MYNNWCH.

34

P'UN AI YN YMYRRAETH DDWYFOL NEU'N RHAGLUNIAETH FAWR, ROEDD CWRDD Â BRENEN YN DDIGWYDDIAD ALLWEDDOL.

AR ÔL CRWYDRO AR EU HYD YN FLAENOROL, ROEDD BRENEN WEDI RHOI LLWYBRAU NIFER O'R OGOFEYDD AR GOF A CHADW – YN EI BEN AC AR FEMRWN.

TYWYSODD EF NI AR HYD Y CYNTEDDAU TANDDAEAROL – GWYNLAN, UNWST, NECHTHON A MINNAU'N EI DDILYN.

AR ÔL TROEDIO'R CEUFFYRDD MEITHION, DAETHOM AT LYN YNG NGHROMBIL Y DDAEAR, DWR CROYW FFYNNON Y LLYCHLYNWYR.

DYDW I ERIOED WEDI PROFI'R FATH OERNI O'R BLAEN, GWYNLAN.

CAWN NI GYNHESU ETO UNWAITH Y BYDDWN NÔL YN YR OGOF, BRENEN?

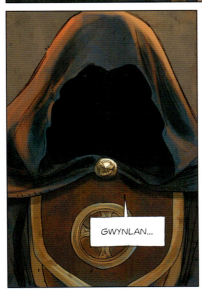

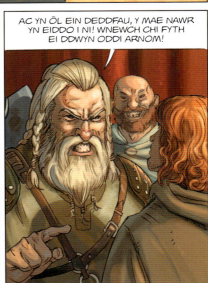

DA TI, AFLOED, DYRO'R MAEN IDDYN NHW CYN Y BYDD TYWALLT GWAED. DIM OND CRAIR PAGANAIDD YW'R PAIR.

YR UNIG WAED GAIFF EI DYWALLT YW DY WAED DI A'TH GYMDEITHION, FRADWR!

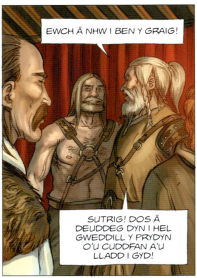

EWCH Â NHW I BEN Y GRAIG!

SUTRIG! DOS Â DEUDDEG DYN I HEL GWEDDILL Y PRYDYN O'U CUDDFAN A'U LLADD I GYD!

AFLOED.

FEL Y TREFNWYD, DYMUNWN YN AWR WELD Y MAEN.

IE.

Â CHROESO! CYMERWCH EICH AMSER.

MAE POB UN OND TARAN YN GARCHAROR.

MAE TYWALLT GWAED BELLACH YN ANOCHEL. YNFYDION YW'R LLYCHLYNWYR HYN!

YNFYDION SY'N CERDDED I'W TRANC.

38

FRAWD GWYNNIO, MAE'N FRAINT CAEL EICH CROESAWU YMA I DDYFNAINT LLYDAW.

A FU'R DAITH YN DDI-FAI?

NADDO, FRAWD GILDAS. MAE MATER ERCHYLL Y MARWOLAETHAU HYN YN FYW YN FY MEDDWL. MAE'R PETH YN HUNLLEF I MI.

PETH BRAWYCHUS YN WIR YW MEDDWL AM LADD EIN MYNACHOD. OND HEN HANES YW'R LLOFRUDDIAETHAU HYN. CAFODD TYLWYTH CYFAN O DDERWYDDON EU DAL A'U HOLI. MI WNAETHON NHW GYFADDEF Y CYFAN.

BETH YW'R DYSTIOLAETH?

TYSTION A CHYFADDEFIAD Y DERWYDDON. HEN DDIGON O DYSTIOLAETH!

BETH YW'R AROGL FFIAIDD 'MA? MAE'N DDIGON I GODI CYFOG!

DEWCH I MI GAEL GWELD Y TYSTION...

PAM FELLY? RŶN NI WEDI CAU PEN Y MWDWL AR Y MATER. PAM TRAFFERTHU Â NHW YMHELLACH?

I MI FOD YN DAWEL FY MEDDWL, FRAWD GILDAS. BETH PETAI UN O'R PAGANIAID WEDI DIANC DRWY'R RHWYD? ONI FUASAI'N DDOETH GADAEL I MI EU HOLI ETO ER MWYN SICRHAU BOD Y CYFAN YN CYD-FYND Â'CH GWAITH MANWL CHITHAU?

WRTH GWRS. RWY'N HYDERUS I'N HYMCHWIL FOD YN DRYLWYR, OND ER HYNNY FE ALLAI RHYWBETH FOD WEDI EI HEPGOR.

RHYWBETH Y GWNAETH Y TYSTION EI HEPGOR, FENTRA I.

DYMA NHW, I'W HOLI FEL Y GWELWCH ORAU. MI GAIFF Y BRAWD CADFAN AROS I'CH CYNORTHWYO.

DIOLCH, FRAWD GILDAS...

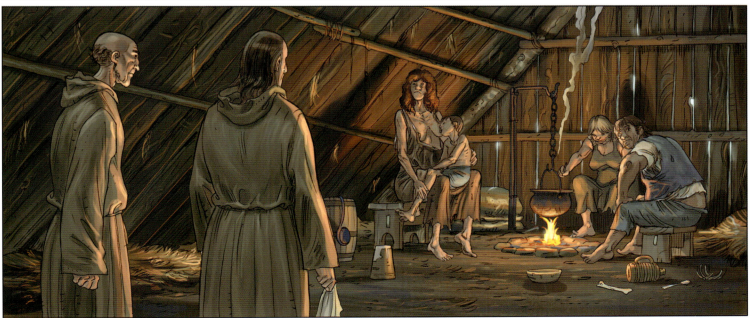

CHI YW'R TYSTION, IE? MAE GEN I AMBELL GWESTIWN. RHOWCH ATEBION LLAWN A SYDYN, A CHEWCH DDYCHWELYD I'CH CARTREFI MEWN DIM O DRO.

DOES GYNNON NI DDIM CARTREF. CAWSOM ADDEWID O LOCHES YMA AM GYFNOD AMHENODOL. MAE'R LLETY'N GLYD A'R BWYD YN GYNNES. ADDEWID YW ADDEWID WEDI'R CYFAN...

NID OEDD Y TREFNIANT YMA'N HYSBYS I MI.

LLE WYT TI 'DI BOD?

SUT YN UNION DDAETHOCH CHI I WYBOD MAI'R DERWYDDON HYN OEDD Y LLOFRUDDION?

BE TI'N FEDDWL?

HI! HI! HI! TWPSYN! DWYT TI DDIM YN DEALL BE MAE'R OFFEIRIAD YN FEDDWL!

CAU HI, NEU FE GEI DI GWLWM PUMP!

HA! HA! HA! HA!

A WNAETHOCH CHI WELD Y DERWYDDON YN LLADD, NEU'N CEISIO LLADD, UNRHYW FYNACH?

WEL...

YDYCH CHI'N DEALL Y CWESTIWN?

ROEDDEN NHW'N DYST I GYNLLWYN LLOFRUDDIAETH!

FRAWD CADFAN, WNES I DDIM GOFYN I CHI ATEB AR EU RHAN!

MAE'N AMLWG NAD YDYN NHW'N EICH DEALL CHI.

BETH YW EICH ENW?

CEDIG.

SUT YDYCH CHI'N ADNABOD Y DERWYDDON HYN, CEDIG?

FE GAWSON NI GYSGOD A BWYD GANDDYN NHW. FEL ARALL, ROEDD HI'N LLWM IAWN ARNON NI... ROEDD Y CYNHAEAF YN DDRWG A DIM I BORTHI'R DA BYW. ROEDDEN NI AR EIN CYTHLWNG, YN BYW AR GARDOD.

MI GAWSOCH CHI FODD I FYW GAN Y DERWYDDON HYN?

AR Y CYFAN, DO. HEBLAW AM Y TRO DWETHA, PAN WELODD EIN MAB NHW'N LLENWI EU BOLIAU EU HUNAIN, A CHYNNIG DIM I NI!

WNES I DDWEUD DY FOD TI YN NWRN Y DERWYDDON 'NA, CEDIG!

GWRANDA'R HEN WRACH, ROEDDET TI'N DDIGON HAPUS I GAEL TO UWCH DY BEN A BWYD YN DY FOL!

BETH DDWEDOCH CHI WRTH Y BRODYR?

Y GWIR... SEF BOD Y DERWYDDON YN CASÁU CRISTNOGION! DOEDD HI'N DDIM SYNDOD EU BOD AM LADD MYNACHOD.

DYNA'R CYFAN?

ONID YW HYNNY'N DDIGON, FRAWD GWYNNIO? DERWYDDON AM LADD CRISTNOGION!

RWYF I FY HUN YN AML IAWN WEDI DYHEU AM GAEL TAGU AMBELL I BAGAN, OND BYTH WEDI GWNEUD HYNNY!

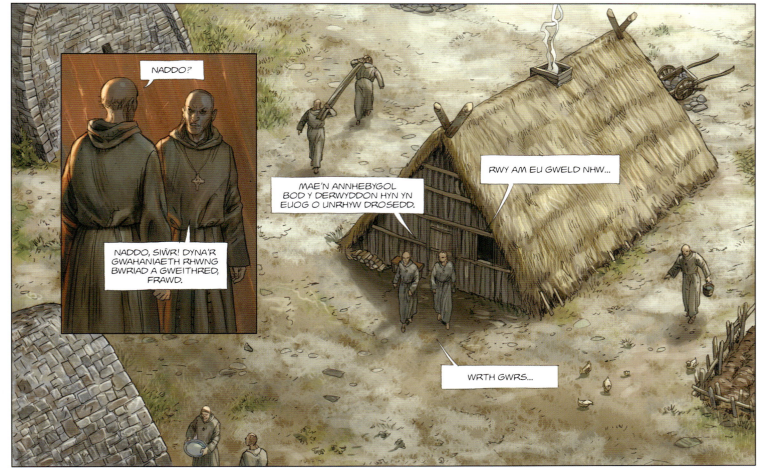

NADDO?

NADDO, SIŴR! DYNA'R GWAHANIAETH RHWNG BWRIAD A GWEITHRED, FRAWD.

MAE'N ANNHEBYGOL BOD Y DERWYDDON HYN YN EUOG O UNRHYW DROSEDD.

RWY AM EU GWELD NHW...

WRTH GWRS...

41

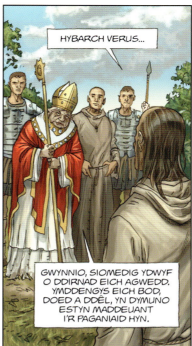

YSTYRIWCH EICH GEIRIAU'N OFALUS IAWN, FRAWD GWYNNIO, NEU CEWCH CHITHAU EICH RHOI DAN GLO NES EICH BOD YN TRENGI!

EWCH YN ÔL I'CH MYNACHLOG EICH HUN YN DDIYMDROI, AC ARHOSWCH YNO YN BELL O'M GOLWG!

HYBARCH VERUS...

DYMA'R TRO AR FYWYD GWYNNIO WRTH I'W DDALIADAU HYD HYNNY DDADFEILIO.

TRODD GWERTH EINIOES DYN YN GANOLOG I DDALIADAU ABAD LLANDDYFYNNOG. DUW CARIAD OEDD EI DDUW EF, NID DUW DIALEDD A CHENFIGEN YR ARCHESGOB VERUS.

AI TRANC DAHUD A'I HARWEINIODD AT Y NEWID HWN YN EI GREDO?

NID OEDD YR ATEB YN GLIR I GWYNNIO EI HUN. TALCEN CALED OEDD DAHUD IDDO, Y GWRTHDARO OESOL RHWNG Y BYD HWN A'R ARALLFYD – Y FRWYDR RHWNG Y CNAWD A'R ENAID, RHWNG NWYD A CHARIAD PUR.

O'R DWTHWN HWNNW HYD DDIWEDD EI OES, BU GWYNNIO YN RHYDD O BOB CHWANT A CHNAWDOLRWYDD.

SONIODD FLYNYDDOEDD YN DDIWEDDARACH MAI'R HUNLLEF NWYDUS HONNO OEDD Y FREUDDWYD OLAF DEBYG IDDO BROFI.

UNWAITH WEDI HYNNY Y GWELODD DAHUD MEWN BREUDDWYD, YN EI ARWAIN AR HYD LLWYBR GODDEFGARWCH A CHYFIAWNDER.

WRTH IDDO YMADAEL Â MYNACHLOG GILDAS, TRODD EI FEDDWL AT GWYNLAN. DYHEAI AM IDDO DDYCHWELYD YN FUAN. OND PRIN Y GWYDDAI PA MOR BELL I FFWRDD YR OEDD Y DERWYDD O BENRHYN LLYDAW.

AAAAAAAAAAA!

ROEDD PENNAETH Y LLYCHLYNWYR YN DYHEU AM WAED.

TAFLWYD Y PRYDYN O'R NEWYDD DROS Y DIBYN. FE'I HYRDDIWYD DEIRGWAITH O BEN Y GRAIG CYN IDDO, O'R DIWEDD, DRENGI.

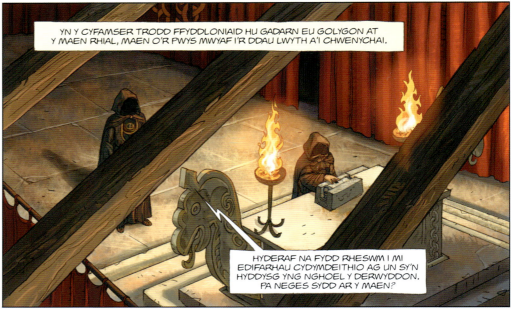

YN Y CYFAMSER TRODD FFYDDLONIAID HU GADARN EU GOLYGON AT Y MAEN RHIAL, MAEN O'R PWYS MWYAF I'R DDAU LWYTH A'I CHWENYCHAI.

HYDERAF NA FYDD RHESWM I MI EDIFARHAU CYDYMDEITHIO AG UN SY'N HYDDYSG YNG NGHOEL Y DERWYDDON. PA NEGES SYDD AR Y MAEN?

ATHRO, O YSTYRIED YR HYN SYDD WEDI DIGWYDD YM MRO LLYDAW, DYLECH FOD WEDI YMDDIRIED YNOF YNGHYNT.

PAID Â BOD MOR RHYFYGUS.

BETH ARALL ALLAI DDOD I'M RHAN? CAEL FY LLADD? MI WN YN IAWN FY MOD YN FWRN ARNOCH, AC ETO YN FENDITHIOL I'CH ACHOS.

WYT, FELLY, AM Y TRO, RWYT YN UN OHONOM.

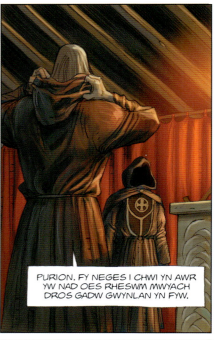

PURION. FY NEGES I CHWI YN AWR YW NAD OES RHESWM MWYACH DROS GADW GWYNLAN YN FYW.

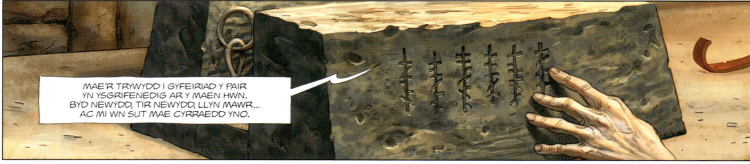

MAE'R TRYWYDD I GYFEIRIAD Y PAIR YN YSGRIFENEDIG AR Y MAEN HWN. BYD NEWYDD, TIR NEWYDD, LLYN MAWR... AC MI WN SUT MAE CYRRAEDD YNO.

BOED I'R LLYCHLYNWYR LADD GWYNLAN. DOES GANDDO DDIM GWERTH I NI MWYACH.

Y Derwyddon

BYDD YMCHWIL Y DERWYDD GWYNLAN YN DIRWYN I BEN YN
CYSTUDD Y CYFIAWN

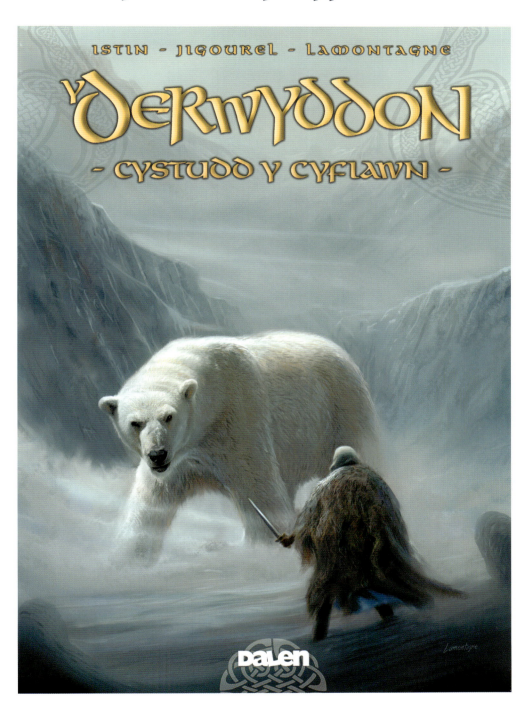

ARCHESGOB VERUS: RHWNG 489 A 507, ARCHESGOB DINAS TYRNYDD (NEU TOURS) YN FFRAINC OEDD VERUS. BU'N GOHEBU AR RAN Y PAB ANASTAS II (496–498) Â'R EGLWYS GELTAIDD YN LLYDAW ER MWYN CEISIO CYMODI RHWNG ARFERION EGLWYS Y BRYTHONIAID AC EGLWYS RUFAIN.

BRENEN: FFURF GYMRAEG AR ENW BREANDAIN (NEU BRENDAN), Y SANT O IWERDDON. MAE EI ENW YN DEILLIO O'R UN GWREIDDYN CYMRAEG Â'R GAIR 'BRENIN'. CEIR CYFEIRIAD YN *HISTORIA GRUFFUD VAB KENAN*, O'R UNFED-GANRIF-AR-DDEG, AT 'GRUG BRENEN' FEL FFURF GYMRAEG AR FYNYDD *CRUACH BREANDAIN* YM MHENRHYN DINGLE, SWYDD CERI, YN IWERDDON. TYFODD BRI BRENEN YN SGIL EI FORDEITHIAU ENWOG A GOFNODWYD YN Y *NAVIGATIO SANCTI BRENDANI ABBATIS* (MORDAITH YR ABAD SANT BRENEN). MAE'R 'NAVIGATIO' YN SÔN BOD BRENEN WEDI CYRRAEDD Y 'TERRA REPROMISSIONIS', PARADWYS BELLENNIG Y TU DRAW I FÔR Y GORLLEWIN – GOGLEDD AMERICA O BOSIB – NEU **DIR NA N'OG** Y TRADDODIAD GWYDDELEG. DYWEDIR BOD CERFIADAU OGAM WEDI EU CANFOD AR ARFORDIR DWYREINIOL AMERICA, A PHROFWYD YN Y 1970au Y GALLAI MORWYR FEL BRENEN FOD WEDI CROESI'R IWERYDD A CHYRRAEDD GOGLEDD AMERICA.

BRÂN: ARWR YN Y TRADDODIAD GWYDDELEG O'R ENW BRAN MAC FEBAIL A FREUDDWYDIODD AM FERCH O'R ARALLFYD AC A'I WAHODDODD EF I DDOD ATI. CROESODD Y MÔR MEWN CWCH TUA'R GORLLEWIN, I GYFEIRIAD TIR NA N'OG.

CAER IS: DINAS CHWEDLONOL KÊR IS YN LLYDAW, LLE TEYRNASAI GRALON (NEU GRADLON YN FFRANGEG) GYDA'I FERCH DAHUD. CODWYD Y DDINAS AR DIR ISEL YM MAE DOUARNENEZ. YN ÔL Y CHWEDL, CAFODD ALLWEDDI'R PYRTH, OEDD YN CADW'R MÔR RHAG BODDI CAER IS, EU DWYN. AGORWYD Y PYRTH, LLIFODD Y MÔR DROS Y TIR, A CHOLLWYD CAER IS O DAN Y TONNAU. DYWEDIR BOD CLYCHAU CAER IS I'W CLYWED DAN Y DON.

CELYDDON: YR HEN ENW CYMRAEG AR GYFER YR ALBAN. MAE LLENYDDIAETH GYNNAR YN CYFEIRIO AT 'GOED CELYDDON', SEF Y GOEDWIG ENFAWR A ORCHUDDIAI RANNAU HELAETH O'R ALBAN GYNT.

DYFNAINT LLYDAW: ARDAL DOMNONEA YNG NGOGLEDD LLYDAW, GYFERBYN Â DYFNAINT YM MHRYDAIN. MAE ENWAU'R DDWY ARDAL YN TARDDU O'R UN GWREIDDYN BRYTHONEG 'DUMNO' + 'NANTO', SEF CWM DWFN.

GWRYD: UN O'R HEN DERMAU MESUR CYMRAEG, SY'N CYFATEB I 'FATHOM' YN SAESNEG, SEF TUA 2 FETR NEU 6 TROEDFEDD.

GWYNNIO: GWÉNOLÉ YN LLYDAWEG, UN O SEINTIAU BRODOROL CYNTAF LLYDAW, FU'N DDISGYBL I BUDOG SANT. YN ÔL EI FUCHEDD (HANES EI FYWYD) ROEDD YN GYFEILLGAR GYDA RHAI O DDERWYDDON Y CYFNOD. MAE DWY EGLWYS WEDI'U CYSEGRU IDDO YNG NGHYMRU, Y NAILL YN LLANWARW YN SIR FYNWY A'R LLALL YN EGLWYS WYNNIO YN SIR BENFRO. EI SEFYDLIAD PWYSICAF OEDD ABATY **LLANDDYFYNNOG**, SEF LANDEVENEG, AR ARFORDIR GORLLEWIN LLYDAW.

HU GADARN: FFURF GYMRAEG Y DUW CELTAIDD ESUS, SEF DUW AMAETH, RHYFEL A MASNACH.

LONGINIUS: YN ÔL TRADDODIAD, LONGINIUS OEDD Y CANWRIAD RHUFEINIG WNAETH DRYWANU CRIST YN EI YSTLYS Â GWAYWFFON PAN OEDD YR IESU AR Y GROES.